AF450869

MANUSCRIT 2597:

RENÉ DUC D'ANJOU

LIVRE DU CUER D'AMOURS ESPRIS

*

MANUSCRIT À ENLUMINURES
PUBLIÉ ET COMMENTÉ PAR O. SMITAL ET E. WINKLER

TOME TROISIÈME: PLANCHES

VIENNE 1927 / ÉDITION DE L'IMPRIMERIE DE L'ÉTAT AUTRICHIEN

(TOME TROISIÈME)
OTTOKAR SMITAL SUGGÉRA LA REPRODUCTION DES PLANCHES ET EN
SURVEILLA L'EXÉCUTION
LA TRADUCTION DU TEXTE ALLEMAND EST DUE À ALICE SCARLATES

LIVRE DU CUER D'AMOURS ESPRIS

INDEX DES PLANCHES

PLANCHES I—XVIII

RENÉ D'ANJOU: LIVRE DU CUER D'AMOURS ESPRIS

Vienne, Bibliothèque Nationale, manuscrit 2597
(Cf. T. I, p. 35 sq. et p. 107 sq.)

PLANCHES XIX—XXIV

GIOVANNI BOCCACCIO: LA TESEIDE

Vienne, Bibliothèque Nationale, manuscrit 2617

(Cf. E. Chmelarz, Eine französische Bilderhandschrift von Boccaccios Theseide dans le Jahrbuch der Kunsthistorischen Sammlungen des Allerhöchsten Kaiserhauses, Vienne, 1893, T. XIV, p. 318—328. — Cf. T. I, p. 50 sq.)

Résumé d'après E. Chmelarz, l. c. p. 318—321.

L'auteur de la traduction française dédie le livre à une jeune dame inconnue (Planche XIX).

I.— (Fol. 17ᵛ Miniature de l'écrivain: cf. fig. Chmelarz, l. c. p. 318). Thésée, duc d'Athènes, entreprend une campagne pour punir les Amazones qui habitent la Scythie sous leur reine Hippolyte. Après un débarquement difficile, le château des Amazones est assiégé (Planche XX), et, lorsque la forteresse menace de tomber, Hippolyte se soumet et épouse Thésée; son exemple est suivi par d'autres Amazones.

II.— Après une année de lune de miel, Thésée retourne à Athènes: il y fait une entrée triomphale sur un char pompeux offert par les citoyens (Planche XXI). Supplié par cinq princesses argiennes de venger leurs maris tombés dans le combat et laissés sans sépulture par Créon, Thésée marche contre ce tyran et le défait; parmi une foule de prisonniers, deux jeunes gens de la famille de Cadmus, Arcitas et Palémon, sont emmenés en captivité à Athènes.

III.— Chaque matin, Emilie, sœur d'Hippolyte, se promène dans le jardin du château, devant le cachot des deux prisonniers, en chantant des chansons d'amour et en tressant des guirlandes: ils s'éprennent d'elle (Planche XXII). Sur l'intercession de Peritous, Arcitas est libéré par Thésée, mais il est banni d'Athènes: avant de quitter la ville, il aperçoit encore la silhouette d'Emilie sur le balcon du château (Planche XXIII).

IV, V.— La passion le ramène à Athènes où, sous un faux nom (Pentheus), il entre au service de Thésée. Au cours de ses rêveries nocturnes consacrées à Emilie, il est découvert dans le bosquet par Panfilo, qui le dénonce à son maître Palémon; tourmenté par la jalousie, celui-ci s'enfuit et, la nuit suivante, rencontre Arcitas dans le bosquet: il le provoque en duel (E. Chmelarz, l. c., Planche XXXI et XXXII). Emilie qui se rend à la chasse au faucon, les surprend et prévient Thésée qui les sépare et leur pardonne: un combat de cent chevaliers de chaque parti doit décider de la possession d'Emilie.

VI.— A la fête de Mars suivant, le combat décisif attire à Athènes un grand concours de nobles guerriers, parmi lesquels les héros homériques, tous jeunes encore.

VII.— Assemblés dans le grand théâtre (E. Chmelarz, l. c., Planche XXXIII), les princes fixent le mode du combat et la distribution des cent champions de chaque parti; et tandis qu'Arcitas, en prière dans le temple de Mars reçoit du dieu de la guerre l'assurance de la victoire, Vénus exauce la supplication de Palémon qui sera l'unique possesseur d'Emilie. Cette dernière hésitante, car elle les trouve également dignes d'amour, prie la chaste Diane pour tous les deux (Planche XXIV). Les citoyens d'Athènes et leurs femmes remplissent le théâtre et admirent Emilie et Hippolyte.

VIII.— Pendant cet engagement meurtrier (E. Chmelarz, l. c., Planche XXXV), Palémon est mordu au bras par Strinon, le cheval carnassier du Corinthien Cromis; précipité sur le sol, il est désarmé par Arcitas; à ce dernier va le cœur d'Emilie.

IX.— Du haut de l'Olympe, Mars et Vénus contemplent le combat: persuadé par la déesse, Mars se contente de cette victoire, tandis que sa compagne envoie un dragon qui terrorise le cheval d'Arcitas (E. Chmelarz, l. c., Planche XXXVI), le fait tomber: le cavalier est écrasé sous sa monture. Relevé, Arcitas est conduit avec Emilie triomphalement dans la ville: Palémon, délivré et gracié par Emilie, l'assure de son immuable dévouement, tandis qu'elle lui désigne les nombreuses belles femmes de la Grèce. Le mariage d'Emilie et d'Arcitas ne suivra les fiançailles solennellement proclamées (E. Chmelarz, l. c., Planche XXXVII) qu'après le rétablissement d'Arcitas.

X.— Crémation solennelle des hommes tombés dans le combat (E. Chmelarz, l. c., Planche XXXVIII), et inhumation de leurs cendres dans des urnes. Loin de se rétablir, Arcitas va vers sa fin: il prie Palémon son héritier d'épouser Emilie. Adieu du mourant à Emilie qui déclare ne pas vouloir se marier et préférer devenir prêtresse de Diane (E. Chmelarz, l. c., Planche XXXIX).

XI.— Dans le bocage de ses rêveries nocturnes, Arcitas est brûlé sur le bûcher. Tristesse générale, particulièrement profonde chez Emilie et Palémon. Les cendres sont renfermées dans une urne en or déposée au temple de Mars, et transférée plus tard dans un temple de Junon, à la place du bûcher.

XII.— Quelques jours après, Thésée presse Palémon d'accomplir le dernier vœu d'Arcitas et d'épouser Emilie. Prétextant sa beauté fatale (un premier fiancé choisi par Thésée mourut avant l'hyménée), Emilie prétend préserver Palémon du malheur. Mais, sur l'insistance de Thésée, le mariage a lieu (E. Chmelarz, l. c., Planche XXXX); les époux présentent de riches offrandes au temple de Vénus et, après de fêtes qui durent quatorze jours, les princes étrangers retournent dans leurs pays.

TAFEL I—XVIII

RENÉ VON ANJOU: LIVRE DU CUER D'AMOURS ESPRIS

Treshault et puissant prince mon treschier et tresame
cousin et nepueu Jehan Duc de Bourbon et Dau-
uergne &c Je vous me complains piteusement a
vous comme acellui qui sur tous aultres prince
du royaume de france ay plus dicontance fian-
ce et amour et bien ladoré auoir. Car despieca et presques des
mon enfance auons esté voftre feuz pere et moy tousiours lun
auec lautre portant lun a lautre parfaitte amour comme
freres germains Et a voftre douleceur vous ay tousiours trouue
et auant et depuis le trefpas dudit pere parfait bienueland et
tresloyal amy. Dont Je me fens a vous trop crenu et plus daffez
que ne le sauroye ... vo defferuer Pour laquelle raison adrece
ma complainte Avous pluftoft que A nul autre qui vine en ef-
... que bien et feurement men faure conseillier Mae tou-
... mer va b... C'eflaffauoir que de troie ne scay
... qui madicter pour lacufer du tort fait et martire
que mon cuer pour vous feuffri de fortune ou dameure ou de
ma ... Pour ce que lan de troie si ma si grefuiement mise
en fouciu et tourment que ne le fauret dire ne le quel au bien
prendre vous en baillier la charge ne lui en donner la coulpe
Car le jour que le vaffay premier deuant madame fortune
me conduife celle part la pluftoft quailleure daffez fanc faul-
te Et touteffois pour quier ne ou amis aloge nen fauoie
riens ne mal Je my penfoye Et daultre part quant la fuz ar-
riue fans garde prander Amours liquel eftoit embufche
foubz la tour de la treftbelle et gente sanc larchiere de fueil dou-
cet et cruelle me tira le regart qui me frappa au cuer Et
ou firent vrai lors ma deftince quelque met que Je fore
Jauca mon fouuenir adeuoir fane ceffer penfer et atente
ue loi fu de texoe acelle fa qui cy deffus eft du tres
ler que daultre lieu qui vine Donquel auquel
deffue nommez de mon martire a qui en baillier la

Me nuyt en ce mois rasse
Truiaille tourmente lasse
fforment pensifz ou lit me mis
Comme homme las qui X si mis
on cueur en la mercy damoure
Que ma vie en plains et en ploure

voulsist ou non si durement seftoit ladicte dame de sa brid saisu
Donrquee quant il vit cela si descendit apie et salua la da
me et lui demandant et priant qu'il lui de lui dire qui
elle estoit ne pourquoy lauoit ainsi arreste Et dit en
telle maniere

Dame pour dieu que or vous plaise
Pour mon vouloir mettre a son aise
Amoy dire sae de vostre estre
Car sur toutes me sanble estre

auoit nouvelle sur lescuier. Et sen assembloit mainten son cour
tois et puis racompli de rire et de ioie amoureuse loiee sauança de
sur li damoiseaulx comme celui qui bien cuidoit sauoir la lai
que et le roi e et parla ala royne en telle maniere

Ie vous rent a dieu et vault
Vous ce que le iour vous deffault
Demant, alcunite leam
e prumiers la longier crane

venir auoi et cief et nuece et les dur compaignons auc
auec espouente de lorriblete du temps se retraihirent
promptement soubz le trauaille et se misdrent asaber le
mieulx quilz sceurent Mais tout ce ne leur balut riens
quilz ne fussent tresbien banquez et froissiez de la pluye
et de la tempeste quilz sembloient estre retran du fons dune
riuiere Si doubta adonc dire que le cuer ne fust le
tourne de soi en rise car assez enuyreuse estoit sa vie
mieux d'aconter si ne se peult plus tenir quil ne parlast
alme et lui dist en telle maniere

si vit que amme peult feu bug chat bruler sa
mane Et vit une grant vieille escruelle morne et renfue qui
estoit au ... du fourer et tenoit ses mains ensamble manger
et tiste estoit terriblement Et ale vous alueque Il sambloit
quelle fust retraicte deceruee ou oncques home ne vit plus ou tel
elle ne plus espeuentable creature Et se pensa bien que cestoit
celle malencolie dont le tableau qui estoit sur lure de la maison
fuite parloit Et la salua tourer mais amme lui rendit elle
for salut ou tres durement pensoit ailleurs Touteffois Il
se tint pres amme mais parla a elle et dist amie

Comment le cheualier et Na remument le pont ou ilz se enbatit

Quant le cueur se vit dehors si fust loyeulx ce ne fait pas demander et regarda qui estoit celle dame qui lauoit aide a yssir hors dleaue Et congneut q cestoit dame esperance sa bonne maistresse qui ia autres fois luy auoit tant fait et enfantue de biens Et adonc le cueur osta son heaulme de la teste et abaissa la ventaille et puis Ilz sentrebaiserent et sentrefirent telfeste et tel

odbt et alliance et les tenoit seffece ensamble deuant son
ventre et les tenoit tout reschignant de despit Et quant elle
vit les deux compaignons qui estoient entrez ou chastel elle
se commença à escrier si merueilleusement aul nest homme qui
rien eust sceuu Mais moruie le seigneur du chastel quant
il l'ouit fist fermer hastivement huis du maistre donson
et mist tantost sur une ses esru et vit les deux compaignons
en sur la court si leur dist en telle maniere

Icy parle lacteur et dit ainsi que
Quant le cueur se euyt ainsi deprecher et hamponner Il
esferant les deue oyur et de maultalai esprue et mist

Icy parle desir a humble Requeste le poursuiuant damours et dit

Puis donc lee tresbur trouue
Peu poursuiuant bien apprins
Mon doulx amy humble Requeste
Dictes moy ou allez en queste

Lou partierent et sentrecommanderent adieu Et sen ala huin
sie lequesie diligenmient a ses affaires Et a se fist tant quil
hint aux tantes et pauceillons quil auoit leuz Et demanda
la tente donneur et asses fut qui la luy moustra Il desen
dit apied et entra en la tente et trouua honneur qui tenoit
conseil avecques ses barons dece quil auoit afaire Et mist
se genoil aterre et le salua en luy disant

Durant lesquelles compaignons eurent leure et ou[ur]
les lectres qui estoient escriptes ou tableau Ilz
furent pensifz tres durement et se regarderent
lun lautre comme toute esbahi achief de piece le cueur qui
plus estoit travaille que nulz des autres sensa et entra
en la maisonnette le premier et ses deux compaignons
entrerent apres mais Ilz trouuerent poure hostel et mal
couste Ilz marcherent Jusques au fouer de la maisonnette

face a racompter Jusques a ce quilz vindrent pres de celuy
boys mais Jlz ne peurent pas si tost venir que le souleil
ne fust couche auant quilz y arriuassent Et quant Jlz
furent la arriuez Jlz regarderent deuant eulx et virent
alosce du boys vng petit hermitaige Jlz turent celle part
et descendirent de dessus leurs cheuaulx et entrerent en la
chappelle de lhermitaige la ou Jlz trouuerent lhermite disant
ses ouraisons Jlz le saluerent et luy demanderent albertier
gier pour celle nuyt et lhermite au bien preudome leur
sembloit leur respondit disant en telle maniere

Icy parle lauteur et dit ainsi que

Ce vaisselle bateau incontinent mist pié a terre
tout couuert et vergongneux de ce que tant auoit
...ne et marcha d'on ala mer et entra en la nef
elle et par deux autres compaignons furent incontinent ainsi
...baland menent tous leurs cheuaulx aleure bielet; qui
...la pincut et les emmenent pour le guerredon a leure se

Icy parle lacteur et dit ainsi que [...]
[...] descendirent les ambassadeurs [...] et
[...] apres et [...] et [...]
[...] et leur [...]
[...] et les firent [...] de ce que [...]
[...] avoient [...] establicion [...]
[...] quilz appelloient entre eulx [...]

Mais est bien raison que Desir
M[...] se rent a son plaisir

Icy parle facteur et dit ainsi que

Quant tristesse eust le cueur ainsi parlet Jentendement
[...] bien [...] il est [...]ement hors de [...]ence
[...] avoit mis tout en jeu et que Desir
dites [...] autre et le blasmant et a qui se courrois
[...] mis

Icy parle tristesse au cueur et dit ainsi

[...] cueur et bon homme de bien
Se doit il courroucer pour rien
Que nul lui puisse faire en lieu
et li fift en ef[...] en bret feu
[...] [...] [...]
ce n'est pas a que esperance
Comme vous ai ouy compter
[...] vous voulez noter
Aussi se moque il bien de mer
Comme de vous en bonne foy
Et [...] ses fais content
[...] de bien estre malcontente

Icy parle facteur et dit ainsi que

[...] ne se peut tenir Desir quil ne repliquast
[...] mot aucun non pas pour courrous ne
maltalent quil eust alui car moult durement
lamort en lui creussant dist ainsi

PLANCHES XIX—XXIV

GIOVANNI BOCCACCIO: LA TESEIDE

Comment ypolite royne de Sithia depuis nômee
amazon z les bracs du roy me occirrent leurs mariz z aultres
hômes par ruse pour estre nominetresses du roy me.
Et se faisoient tailler la destre mamelle pour
mieulx tirer de lair

u temps que estes repiere
pour roy dathenes en setra
fure ne dames cruelles et
desuires. Aufonettes il seti
son par diument iare non estre deu les hommes fur.

E ſoleil ha par deux foiz . es
trans montaignes auoit
fait fondre les neiges . Et au
tant de foiz zephirus auoit re
du les belles fleurs et fueilles

hebue montant auecques see
ffenault tenoit humble teste du
ciel que veues ensuyr Cest a dire
que Le souleil estoit ou signe

En passant soubz fortune
toutes ces choses enfore en
la cite dathenes le iour don
ne des dur thelurens xxiii
combatir sa punicion. Car

9 782329 681870